MÉLANGES.

PAR

Madame BÉNAUD.

Dédié à sa fille.

Senlis.

IMPRIMERIE DE MADAME ESSART,
rue Neuve de Paris, 5

1842

MÉLANGES.

Quand Bourdon vit Pauline,
Elle avait dix-huit ans,
Sa taille était divine,
Et tous ses traits charmans
Il venait, chaque jour,
Pour lui faire sa cour,
Il lui parlait d'amour

Un parti se présente,
On veut la consulter,
Mais elle se tourmente,
Ne veut rien écouter
Si ce n'est pas Bourdon,
Faites lui sans façon
Déserter la maison.

En vain sa bonne mère,
Voulut parler raison,
Car, il avait su plaire

Au bon papa Verjon.
Ma fille, tu le veux,
Lui dirent-ils tous deux,
Nous cédons à tes vœux.

Pauline devint mere
D'un tres joli poupon,
En le voyant, son père
Lui fit cette leçon :
Ah ! conserve le bien
Ce fruit de notre hymen,
Car je ne puis plus rien

Je vais faire un voyage,
Lui dit-il un matin ;
Madame, soyez sage,
Et souvenez-vous bien
Que pour me contenter,
Il faut bien travailler,
Et ne rien depenser.

Tu voulus un bel homme,
Hé ! bien, tu l'as trouvé ;
Contente-toi, mignonne,
De bien le regarder
D'autres l'ont trouve beau ;
Tant va la cruche a l'eau
Qu'elle tombe en morceau.

A M. BOURDON.

De Nicolas c'est la fete,
Je voudrais bien le chanter,
J'ai beau chercher dans ma tete,
Je ne puis rien y trouver.
Eh! qu'a-t-il fait dans sa vie
Qui mérite un compliment;
Pour lui, ma muse endormie,
Est muette en y pensant

Quand j'etais dans mon village,
Je mangeais la soupe au choux,
Le vrai morceau de fromage,
Et je buvais du vin doux
Maintenant je suis en ville,
Et je m'ennuie à perir,
J'aime mieux la vie tranquille
Que Paris et ses plaisirs

Maudites soient vos soirees,
L'ecarte et le boston,
Faut toujours être paiee,
Ainsi le veut le bon ton
Vive ma cheie campagne !
J'y suis en bonnet de nuit,
Quand je gravis ma montagne,
L'ennui loin de moi s'enfuit

Les plaisirs de la richesse
N'ont jamais charme mon cœur !
Ah ! si j'etais ma maîtresse,
Dans ce reduit enchanteur,
Entouree de ma famille,
J'y joindrais mes bons amis,
Auprès d'un feu qui petille
J'oublierais tous mes soucis !

UNE JOURNÉE A CLICHY.

Anne, rappelle toi la fameuse journee
Ou toutes deux a Clichy, seules nous fumes laissees,
Dormant paisiblement et sans inquietude
Jusqu'a huit ou neuf heures, telle est notre habitude
En vain chantent le coq, les cannes, les poulets,
Pour ne pas les entendre, nous fermons nos volets ;
Fatiguees de dormir, nos yeux s'ouvrent enfin,
Et vite l'on s'habille, et l'on court au jardin.
On dejeûne, et l'on se demande qu'avons nous a diner ?
Un foie de veau, c'est trop peu ; il faut y ajouter
Des cotelettes ; non, plutot une poule aux oignons,
Et puis, l'on y joindra la soupe au potiron.
Jusqu'ici tout va le mieux du monde,
On n'est pas plus heureux sur la terre et sur l'onde
En ouvrage, en promenades, le jour se passa,
Ce fut bien autre chose, quand la nuit arriva
Je crois les voir encor ces femmes peu hardies,
Par cent voleurs au moins se croyant poursuivies,
Aussitôt regagnant notre simple reduit,
Partout ou nous allons, partout la peur nous suit
Alors barricadant et fenêtres et portes,

Craignant des ennemis les nombreuse cohortes,
Appoline en silence faisait une chemise;
Et moi, je finissais la robe d'Heloise
Neuf heures sonnent, c'est l'heure du souper,
Et notre soupe, Adele, qui la fera chauffer?
— C'est toi, sans doute, qui va descendre en bas
Pour allumer du feu, si tu n'en trouves pas.
— Moi, je n'y vais pas seule, je crains de m'ennuyer,
   Allons, puisqu'il le faut, je vais t'accompagner.
— Tiens, reflexion faite, si tu voulais m'en croire,
Nous n'avons nul besoin de manger ni de boire.
   Comment, y pense tu? attendre jusqu'a demain,
Sommes-nous a Clichy, pour y mourir de faim.
Pauline se resoud, et, prenant la chandelle,
Descend, a pas comptes regardant autour d'elle;
Et tout en bougonnant arrive a la cuisine,
En donnant de bon cœur au diable sa cousine.
Oh! surprise effrayante, une croisee ouverte ...
En faut-il davantage pour nous donner l'alerte,
Toutes transies de peur, en soufflant notre feu,
N'osant ni l'une, ni l'autre, a peine lever les yeux,
Pauline goûte la soupe « Elle est bonne a manger;
Je la trouve assez chaude, nous pouvons l'emporter »
Aussitôt eteignant et braises et charbons,
Avec notre bagage, au logis nous montons.
— Il faut dans notre chambre l'argenterie porter,
— Oui, mais surtout garde-toi de la faire sonner,
Ce bruit nous trahirait. Depeche, prend la lumiere,
Moi, je me charge du panier aux cuilleres.
Nous croyant d'un peril heureusement echappees,

Et, pour la seconde fois, nos portes bien fermees
Semblaient nous promettre tranquillite, bonheur,
Mais en est-il jamais pour des gens qui ont peur?
Enfin tant soit peu rassurees sur notre destin,
De toutes nos frayeurs nous crumes voir la fin.
Après plusieurs tours, notre lumiere eteinte,
Nous nous disposions a dormir sans crainte,
Oubliant les dangers d'un jour si malheureux
Mais, helas! à peine j'avais ferme les yeux,
Je m'entendis appeler d'une voix sepulcrale
Croyant des revenans entendre la cabale,
En sursaut je m'eveille, et saute a bas du lit,
Nus pieds et en chemise, ne sachant ou je suis
—«Adele, arrange notre lampe, elle est prete a s'eteindre,
» Je connais ton adresse, et n'ai rien a craindre. »
J'y fus a l'instant, et d'une main tremblante,
J'allai ranimer sa flamme expirante,
Mais, ô fatal revers! ma main mal assuree,
Fait, d'une mèche mourante, une mêche noyee.
D'un si grand malheur Pauline se desole,
Moi, de saisissement, j'en perdis la parole
   Nous voici sans lumiere, qu'allons nous devenir?
   Je n'y vois qu'un moyen, c'est celui de dormir
   Oui, mais pour cela, il faudrait du courage;
Je pense qu'il serait mieux de faire du tapage
   A quoi bon faire du bruit? y penses-tu, ma bonne,
Que deviendrions-nous s'il entrait un seul homme?
—Ah! je t'en supplie...abrege ce discours...il me fait frémir,
Et de saisissement je suis prête a mourir
  — Allons, rassure-toi; c'est pour plaisanter

Je n'avais nullement l'envie de te facher
Que la nuit semble longue, quand l'on ne doit pas!
Jamais, d'un beau jour, je ne fis tant de cas

Dis donc, amie, le jour parait, je crois?
Car je commence a distinguer mes doigts.
Moi, je vais dormir. — Faut bien nous en garder,
Jusqu'au lever du jour, prudemment faut veiller
Il pourrait arriver de nouvelles catastrophes,
Nous devons les attendre en bonnes philosophes
Enfin, tout en causant, nous vimes venir l'aurore,
Etonnees l'une et l'autre de nous revoir encore

AVIS DE M M***,

SUR LES VERS PRECEDENS [1]

Les jolis vers de votre Adele
M'ont offert un charmant tableau,
Et, je trouve de son pinceau
La touche fraiche et naturelle
Si votre Adele abuse un peu
De la licence poetique,
Sans doute un austere critique
De censurer aurait beau jeu,
Mais il se tairait, et pour cause!
Quand dans ses vers on reunit
La raison, la rime et l'esprit,
Ce qui manque est bien peu de chose

De M Sautereau

VERS

SUR LE PORTRAIT DE MA FILLE

Que j'aime a voir cette image cherie,
Pour toi seule, mon Esther, je cherirais la vie;
J'ai soigne ton enfance; ton heureux caractere
Paie de tous ses soins ta bien bonne mere.
Bientôt viendra le jour ou, couronnee de fleurs,
Un epoux recevra et ta main et ton cœur.
Ta mère sur ton sort, tremblante, incertaine,
Dans son cœur maternel enfermera sa peine
Adressera au ciel les vœux les plus touchans
Pour qu'il te preserve de la haine des mechans.
J'aplanirai pour toi la route de la vie,
Et saurai te defendre contre la jalousie,
La brutale insolence, la calomnie, l'injure,
J'ai des droits sacres que me donne la nature.
Lorsqu'un jour de l'hymen tu resserreras les nœuds,
Je veillerai sur tes jours; mes soins affectueux
Calmeront tes douleurs, adouciront tes maux,
D'un enfant desire, te montrant le berceau,
Je te dirai Amie, dans ce moment funeste,

Appelle ton courage, le ciel fera le reste.
Sois bonne épouse, mere tendre, sincere amie;
Si je te vois heureuse, ma tâche sera remplie.
Pour prix de tous mes soins, qu'a mon heure dermeie,
Un baiser de ma fille me ferme la paupière;
Affranchie pour toujours des peines de ce monde,
Esther, de ses pleurs, arrosera ma tombe!

A PAULINE,

LE JOUR DE SA FÊTE

Que chacun apporte des fleurs
A notre bien-aimee Pauline,
Je ne brigue pas cet honneur,
Autre present, je lui destine
Je lui envoie un bon gâteau,
Et des biscuits a la cuillere,
Les vôtres, on les trempe dans l'eau,
Les miens, dans le vin de Madere

Si pourtant j'allais vous facher,
Je n'en ai vraiment nulle envie,
Ce n'est pas le cas de bouder,
Quand on veut feter une amie
Riez, chantez, amusez-vous;
Pour lui offrir des vœux sinceres,
Je voudrais bien me joindre a vous,
Mais je suis restee prisonniere.

A LA FÊTE DE MON MARI.

Reçois nos vœux, notre hommage,
Aussi ce petit couplet,
Tu ne m'en veux pas, je gage,
J'ai oublié mon bouquet,
Comment pourrai-je mieux faire
Que de t'offrir ton enfant,
Pour un aussi tendre père,
C'est bien le plus doux present.

Je suis bien sûre de te plaire
En te donnant ce bouquet,
Il n'y manque rien, j'espere,
Puisque c'est toi qui l'a fait
Pour te fêter en famille
J'ai reuni nos amis,
Dans nos yeux la gaîte brille
En chantant François d'Assis.

ALBERT, A SA MAMAN.

✳✝❀✝✳

AIR C est bien le plus jo i coi age

A Paris, dit-on, c'est l'usage
De venir fêter sa maman,
Moi, j'arrive de mon village,
Et ne m'en doute nullement
Ce qu'en ce jour le cœur inspire,
Maman, je ne puis l'exprimer ;
C'est à mon frere a te le dire,
Albert ne peut que t'embrasser.

Bientôt pres de toi, bonne mere,
Je viendrai apprendre à penser
Tu formeras mon caractére
Sur le tien, c'est en dire assez
Toujours ma raison enfantine,
Saura connaître tes bontes ;
Et tout comme maman Pauline,
Je saurai bien me faire aimer.

✳✝❀✝✳

A PAULINE.

ᴀɪʀ De la Boulangère

C'est aujourd'hui que nous fêtons
    Notre bonne Pauline,
Amis, chantons a l'unisson .
Vive notre Pauline Bourdon,
    Vive notre Pauline!

Nous sommes ici, tous sans façon,
    Et de joyeuse mine,
Faisons tapage à la maison
Pour amuser Pauline Bourdon,
    Pour amuser Pauline.

L'on nous donne, en cette maison,
    Bon vin, bonne cuisine;
Eh! puis l'air gracieux et bon
De l'aimable Pauline Bourdon,
    De l'aimable Pauline,

A pareil jour nous reviendrons
    Fêter sainte Appoline,

Tour à tour, nous embrasserons
La bien-aimée Pauline Bourdon,
La bien-aimée Pauline.

Vous tous amateurs du boston,
Deridez donc vos mines ;
Venez agrandir notre rond
Faites danser Pauline Bourdon,
Faites danser Pauline

Bientôt j'ai fini ma chanson,
Cela faute de rimes ;
Reprenez donc votre boston,
Faites gagner Pauline Bourdon,
Faites gagner Pauline

De tous ces vers mauvais ou bons
Vous rirez, j'imagine,
L'auteur n'eut que l'intention
De chanter Appoline Bourdon,
De chanter Appoline.

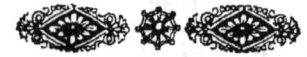

LE LENDEMAIN.

Air : De la Boulangère

Courons a l'invitation
De l'aimable Augustine.
Un lendemain est toujours bon,
Donne par Augustine Vergeon,
   Donne par Augustine.

De la famille des Vergeon
C'est bien la plus lutine.
Esprit, bon cœur, gaîte, bon ton :
Voila bien Augustine Vergeon ,
   Voilà bien Augustine.

Dans cet impromptu sans façon,
Le cœur seul y domine.
Quant au maître de la maison ,
Il vaut son Augustine Vergeon,
   Il vaut son Augustine

COUPLET.

Chez ta fille, tous les matins,
Accompagnée de ton amie,
Nous ferons gaîment le chemin
Chassant toute mélancolie;
Tour à tour nous l'embrasserons,
A toutes deux elle sera chère;
Et les voisins s'informeront
Laquelle des deux est la mère.

HÉLOISE A PAULINE.

꘎ꗥ꘎

AIR Pour la sensible Claire

C'est aujourd'hui ta fete,
Je voudrais te chanter,
Mais, hélas ! t'est trop bête
Pour te complimenter ;
Que tout ici te chante
Je ne veux que manger.
Je m'en irai contente
Quand j'aurai bien dîne.

Ce bouquet, je l'espere,
Tu le trouveras beau,
Quoiqu'il ne coûte guere
C'est plus que tu ne vaux
Trouvé dans les ordures
Il est encore trop frais ;
Pauline, je te jure,
De ne t'aimer jamais.

꘎ꗥ꘎

A PAULINE,

EN LUI ENVOYANT UNE TRANCHE DE PATE

Vainement je t'ai engagee
A venir manger du pàte.
Prieres, instances, tout devint inutile;
Tu vis mon desespoir, et tu restas tranquille
Mais, pour te punir d'un pareil forfait,
Ma vengeance est prete, defais-moi ce paquet!
Et savoure a loisir le poison de ma haine
Non celui que Medee apportat dans Athènes,
Si comme moi du pate elle leur eût envoye,
Jason, Creuse, la famille enfin, s'en seraient regale
Voilà comme je punis tous mes amis ingrats;
Bois un coup chere Pauline et ne t'etouffe pas,
Malgre qu'en tes refus, mechamment tu t'obstine;
Je n'en suis pas moins ton amie et cousine.

INVITATION A MON FRÈRE

POUR LE REVEILLON

Un animal que partout on nomme dindon,
Figurera sur ma table le jour du reveillon,
Un autre encore d'elegante tournure,
Le bois de Montfermeil fournit sa nourriture
Ce tres leste coureur, aux longues oreilles,
Qui dans notre estomac doit faire des merveilles,
Suis-le cher lecteur tu feras du chemin ;
Sans courir, tu l'attrapes ; il est bon le lapin.
Je ne te parles pas des aimables convives,
Pour les reunir, je fais maintes tentatives.
La plus folle y sera, son nom aisement se devine
Et sans chercher long-temps, tu diras c'est Pauline !
Refléchis-bien mon frere, eveille ton appetit,
Et surtout n'oublie pas la messe de minuit

A PAULINE,

EN LUI ENVOYANT UN BISCUIT

Je t'adresse un biscuit de bonne qualité,
Tel enfin qu'il me fut commandé
Par un admirateur de l'aimable Pauline.
L'auteur, sans doute, veut garder l'anonyme ;
Je te dirai pourtant, sans trop t'effaroucher,
Qu'il est aimable, tu l'aimes, je n'en puis douter ;
Il justifie ton goût, c'est un fort bel homme !
Devine si tu peux, ou je t'envoie à Rome.

LA TOILETTE.

✠✠⊕✠✠

Voulez-vous être du bon ton,
Imitez le petit Bourdon,
Mettez-vous en culotte.
Pour paraître plus distingue,
Il faut encore y ajouter
Une paire de bottes.

Chapeau rond, la canne à la main,
Cela vous donne du maintien;
Habit couleur de crotte.
Mais pour que tout soit au complet,
Il faut avoir dans son gousset
La montre et les breloques

Vous tous qui craignez les frimats,
Munissez vous d'un witchourat,
Des grands c'est la methode.
Ce costume est tres elegant,
Mais il coûte beaucoup d'argent,
N'importe, c'est la mode

Quand viendra la froide saison,
Pauline prendra son manchon,
Vraiment, c'est très commode
Bien chaud aux mains, bien froid aux pieds,
Elle pourra bien s'enrhumer,
Ainsi le veut la mode

Je crois avoir assez chanté
Habits, culottes et souliers,
Witchourats et fourrures
Quand ils seront tous deux parés,
On pourra, sans les offenser,
Rire de leurs tournures

Mère et fils ainsi habillés,
Depuis la tête jusqu'aux pieds
Feront deux miniatures,
Qui pourront fort bien figurer,
Chez les marchands de nouveautés,
Comme caricatures

LE SAMEDI

DE CHEZ Mme LACHASSAIGNE.

ᴀɪʀ Du premier pas

ESTHER

Le premier banc,
Attentif a s'instruire,
Travaille, ecrit, calcule assidument,
Le plus savant a repeter, ou lire
Sur son talent on ne peut contredire,
Le premier banc   (*bis*)

CLEMENCE

Le second banc,
Peu jaloux de science,
Le nez en l'air jacasse a tout instant
De son Mentor lassant la patience,
Presque toujours il est en pénitence,
Le second banc   (*bis*)

HELOISE

Le dernier banc,
L'ecriteau par derriere,
Vers son logis chemine tristement.
Les yeux baisses faisant cette priere
Dieu de bonte, protege le derriere
Du dernier banc !   (*bis*)

RELATION DU BAPTÈME

DU DUC DE BORDEAUX

Au point du jour, les tambours, les trompettes
Avertirent les Français de se mettre en goguette
Chacun se reveille, va, vient, se trimousse;
On eût dit que le feu etait apres leur trousse,
La vieille edentee debute par la priere;
Ensuite, en trebuchant, va trouver sa laitiere;
Car, quelque soit le plaisir de cette journée,
Rien n'egale a son gout son bienheureux cafe.
La femme qui veut plaire, *s'atiffe* et se pomponne,
Se serre a s'étouffer pour paraître mignonne.
La petite ouvriere, dans ses plus beaux atours,
Espere aller trouver l'objet de ses amours!
Les commis-marchands, tout de neuf habillés,
Courent les rues de Paris, comme des effares.
La femme pieuse va entendre la messe,
Afin de prier Dieu de benir son altesse.
L'eglise était ornee de gradins magnifiques,
Des gendarmes a cheval en gardaient les portiques
Si bien que de Paris les pauvres badauds
Ne pouvant rien voir, eurent le bec dans l'eau,

Ils eurent beau prier, presser, risquer de s'étouffer,
Le bambin arrivait, il fallut décamper.
On ne voyait que danses et chants d'allégresse,
Depuis le plus jeune âge, jusqu'a la vieillesse;
Il n'est jusqu'aux chevaux qui traînaient le poupon,
Qui se donnaient des airs de faire des rigodons.
On dit que le heros se comportât tres bien,
Qu'il fut très satisfait de devenir chretien;
Mais en le décoiffant, sa nourrice le pique,
Il se mit a crier, on lui crut la colique;
C'était bien autre chose car, au même instant,
Sa Majeste perçait la premiere de ses dents.
Ses grands parens ravis d'une si rare merveille,
Firent annoncer au peuple cette heureuse nouvelle.
Il y eut des pâtes et du vin a foison;
Le bon peuple dansa, nous paierons les violons.
Au fleuve du Jourdain l'on fut puiser de l'eau
Pour le saint baptême du duc de Bordeaux.
L'héritier des Bourbons fut joyeux et content
D'avoir enfin reçu le premier sacrement

RELATION

D'UN ÉVÉNEMENT SINISTRE

ARRIVÉ A MONSEIGNEUR LE DUC D'ANGOULÊME
A SA PROMENADE A LONG-CHAMPS, L'AN DE GRACE

✳✿❂❀✳

A peine il sortait la porte de Paris,
Fier comme un soudan, son camarade et lui,
Il était sur son char, ses gardes decores,
Galoppaient en silence, autour de lui ranges
Te le dirai-je, amie, chacun vit, de ses yeux,
Sortir de la foule, un dogue furieux
Le monstre s'élance, et ses aboiemens
Font tourner brides aux coursiers fringans;
Jockeys, postillons, tous furent alarmes
Sur les jours d'un prince tant aime
Enfin, pour calmer cette bête maudite,
On lui jeta un os sortant de la marmite,
Notre dogue tranquille, en rongeant son butin,
Laissa sa Majeste poursuivre son chemin.
Nous vîmes venir ensuite le duc d'Orleans,
Sa tendre moitie et ses petits enfans,
Mademoiselle sa sœur et madame sa mere,
Nos vaillans emigres, revenus d'Angleterre,
Français, Anglais, milords et miladys,
Enfin, un peu de tout, tant bien que mal choisis.

CHANSON.

Bientôt tu verras ton enfant
Ouvrir ses yeux à la lumiere,
Et de son sourire caressant
Il viendra consoler sa mère.
Puisse-t il toujours ignorer
Combien te coûte sa naissance;
Le voir pres de toi, l'elever,
Sera ta douce recompense.

Pourrais-tu bien ne pas aimer
L'enfant dont tu seras la mere;
Crois-moi, cesse de t'affliger
Sur l'injustice de son père.
S'il a pu douter un instant
Du cœur de sa fidele amie,
Il reconnaîtra son enfant,
Et t'aimera toute sa vie

REGRETS.

O toi dont la naissance comble tous mes desirs !
Tu n'es plus, mon Esther, et je t'ai vue mourir.
Quand, la premiere fois, j'embrassai ma fille,
Combien je fus heureuse, elle était si gentille !
Je bénissais mon sort, et remerciai les cieux
De t'avoir enfin accordée a mes vœux
La gaîté, la fraîcheur de ton heureuse enfance
Semblaient, sur ta santé, donner toute espérance
Cet éclair de bonheur ne dura qu'un instant,
Et tu fus ravie a nos embràssemens,
La Parque cruelle, jalouse de mon sort,
En te voyant si belle te voue a la mort.
J'ai perdu mon Esther. Dans ma douleur profonde,
Je la cherche partout et même dans la tombe,
Cher objet de mes pleurs, desirs superflus,
Tout est donc fini, je ne te verrai plus.
Dors en paix, ma fille, je veille sur ton fils,
Et donne tous mes soins a cet enfant cheri ;
De ton heureux hymen, il est le premier gage,
Dans ses traits enfantins je revois ton image,

Mere pour la seconde fois, tu nous fus enlevee,
Et de mortelles douleurs finirent ta destinee
Ce fut moi qui fermai tes yeux a la lumière;
Quel moment affreux pour le cœur d'une mere!
J'eus ton dernier soupir, j'eus ton dernier baiser,
Dans le sein d'une amie mon cœur fut se briser

Le jour de son hymen, de ses fleurs paree,
Du bandeau virginal elle etait couronnee
Bonte, fraîcheur, beaute, etaient son partage,
Innocente et pure, seize ans etait son age,
D'un epoux de son choix elle fit le bonheur
Il avait obtenu et sa main et son cœur,
Elle a trop peu joui d'un sort aussi beau,
Et nous a tous quittes pour descendre au tombeau

Et toi, ma Clemence, enfant bien cherie,
Qui trouvas sitot le terme de la vie;
Ne crains pas que ta sœur me fasse t'oublier,
Toutes deux dans mon cœur, toujours vous vivrez
Une mere, jamais, n'oublia ses enfans,
De si chers souvenirs sont ses plus doux instans

3

ÉLOGE DE PAULINE.

Appoline est la fille
Du bon papa Verjon,
En mauvais tours habile,
C'est bien un vrai demon.
Llle est fort mal tournee,
Plus mechante que belle,
Et d'un diable incarné
C'est bien le vrai modele

Quand elle est en parure,
Ne lui trouvez-vous pas
Une fichue tournure
C'est un grand echalas;
Elle a de vilains pieds,
Marche comme une canne,
Et des mains decharnees
Telle est la pauvre femme

Son mari, pour lui plaire,
Helas! fait de son mieux,
Avec cette megere,
Il ne peut être heureux.
D'un caractère fâcheux,
Et pleine de caprices,
Quand elle a dit : Je veux,
Faut que tout obeisse.

Et le mal que l'on en dit
Prouve le bien que l'on en pense.

Je sais qu'a Feydeau vous allez faire merveilles
Le poeme, la musique y charment vos oreilles,
Coiffee a la Titus, et de beaux falbalas,
Un cachemire sur le dos, on fait ses embarras,
Tandis que votre amie, par vous délaissee,
Seule, a la campagne, comme une abandonnee,
Ne voit autour d'elle, que poules et pigeons,
Et perd tous les soirs six liards au boston
Fi, que c'est laid, accourez vite, ingrate,
Dussiez-vous pour cela vous faire gonfler la rate.
Je mens, quand je ne dis que poules et pigeons,
Car, a l'instant, m'arrive deux gros dindons.
A peine débarques ils font le diable à quatre,
Ils tombent sur mes poules, mais c'est pour les battre.
Alors Catherine arrive, et dans son tablier,
Un picotin d'avoine va tout accommoder

ENVOI DE CONFITURES.

Femme honnete, dit-on, tient toujours sa promesse,
A rempli la mienne tu vois que je m'empresse,
Tache de peu, surtout, savoir te contenter,
Et ne t'en mets pas jusqu'au bout du nez,
Tu en conviens, amie, tu aimes le fricot!
Mange ce qu'il contient, mais reserve le pot,
Je t'en donne un plein, pour des vides, je pense,
Qu'ainsi nos interets sont en juste balance
Sur la table de nuit, une tartine de pain,
Accompagnee d'un verre d'eau et de vin,
Soit le dernier repos d'une heureuse journee!
Puisse-t-elle de bien d'autres être accompagnee

Ainsi soit-il

www.ingramcontent.com/pod-product-compliance
Lightning Source LLC
Chambersburg PA
CBHW060910180626
46818CB00004B/1896